KB176379

성연 시인선 11

길을 걸으며

오난희 시집

도서
출판 성연

삶을 살아가는 동안 얼마나 많은 사랑을 했을까?

내가 원하는 모습으로 살아간다는 건 막연한 미래가 주어진다는 것은 아닐 것이다. 하루하루를 살아가면서 내가 원하는 삶의 일부분은 바로 詩였으며 미래였다.

시를 통해 용기를 얻었고 희망을 꿈꿀 수 있었다

너무나 가난했던 어린 시절을 기억하면 부모 형제 그리고 인연을 맺은 모든 사람이 삶의 배경이자 시였음을 인지하고 살았다.

고통 없이 시를 쓸 수 있을까? 그동안 그야말로 뼈를 깎는 고통으로 시를 짓거나 주변 인연들의 배려와 격려 속에 희망을 꿈꿀 수 있었다

헐벗은 겨울나무처럼 살아온 날을 뒤돌아보며 다시 돌아가지 않으리라 다짐을 했다. 희망은 낮은 곳에서도 있다는 것은 생각하며 높이 향하던 마음을 잠시 멈추고 설레는 마음으로 기다리는 동안 층층이 다가오는 시들이 어린 봄 순처럼 솟아났다. 그 새순들이 바로 지금의 첫 시집의 탄생이 된 것이다.

먼저 시집을 낼 수 있게 힘을 실어 준 나의 아들에게 고마움을 표한다

그리고 나의 인연이 되어 준 모든 분께 감사드린다

2022년 7월 15일
천주산아레서 쓰다 문청 오난희

1부. 흔적

2부. 방황

3부. 도심속의 고독

4부. 잉태

시집 해설

오난희 시인. 그녀는 순수하다.

그녀의 순수함 속에는 번뜩이는 知性에의 갈망과 영감靈感을 관통하는 천재적인 예술혼이 잠재되어 춤추고 있다.

시는 작가의 주관적인 감성이 시학 詩學의 객관적인 관찰력을 거쳐서 생산되는 함축과 은유, 아름다움을 묘사한 고도의 언어예술이다.

오난희 시인의 시적 모티브motive는 언제나 자아발견自我發見에 그 뿌리를 두고 내면의 가혹한 인내의 정점에서 시상詩想이 탄성으로 용솟음치는 삶의 생찰省察로 발견된다.

오난희 시인은 끝없이 심해深海를 항해하는 잠수함이다. 그녀의 시詩는 군더더기가 없는 직설적 은유로 삶의 아픈 곳을 직시하고 조명하고 스스로 그 해답을 제시한다.

그녀는 다재다능하고 낙관적인 천재 시인으로 언제나 따뜻한 감성으로 주변을 껴안는다. 자신의 아픔으로 타인을 편안하게 만든다.

초영 김성일 길을 걸으며 시집 시해설중에

| 1부 |

흔적

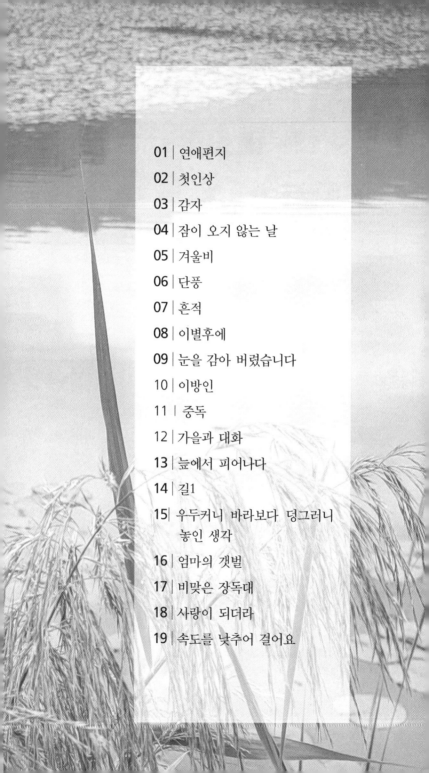

연애편지

깨알 같은 글
한 자 한 자 정성을 다해
써 내려간 글

사랑이란
말 대신
보고 싶다는 말
같이 함께했던
소중함을 기억하며
한 자 한 자
영혼을 다해
써 내려간 편지

영원히 함께 하자는
그 약속
하지나 말지
돌이킬 수 없는 이별을 하고 말았지

어리석은 마음
그 맹세 그 약속
추억들은 어디로 갔는지

예전에 당신에게서 온 편지만
침묵을 지키고 있는지
그 편지 속에
내 어린 영혼도 잠들겠지
쓸쓸한 나의 연애편지

첫인상

풋풋한 모습으로
미소를 보인 너
수줍은 듯
말도 못 하고
망설인 너

하지만
용기를 낸 한마디
너에게 반했어

얼굴은 빨개지고
이마에는
식은땀

그렇게
수줍은 듯
고개 숙이며
내게로 다가온 너

풋풋한 어린 시절
지금도 수채화처럼
그려진다

감자

코끝이 시리도록
엄마가 보고 싶다
친정엄마가 보내준
빨간 감자

휜 허리로 자식을 위해
눈물로 지어낸 농사
힘들다고 내색하지도 않고
엄마는
늘 그 자리에서 웃는다

엄마를 닮았네
빨갛게 햇볕에 그을린 것처럼
빨간 감자
자기 몸 상처보다 더
자식 상처가 더 아픈 엄마
엄마가 보내준 빨간 감자
엄마를 닮았네

잠이 오지 않는 날

예전에 들었던 음악들이
새삼 듣기도 좋아라

조용한 카페에 앉아
너와 나 주고받던 얘기들이 생각이 난다

기쁨도 슬픔도
그 모든 것이 나만의 공간이라네

사랑도 해보고
이별도 해보고
살아온 내 인생 소설 같네

왠지 잠이 오지 않는 밤이면
빛바랜 추억 여행을 떠나네

겨울비

갈바람과 함께
코끝을 시큰하게 만들더니
타닥타닥
빗줄기는 겨울을 준비한다

톡톡
자리를 털고 일어나
바닥을 두드리는 겨울비
빗소리에 창문을 여니
갈바람은 코끝을
시큰하게 나를 자극한다

들리는 듯 들리지 않는 너의 그리움
겨울비는 타닥타닥
바닥을 적시며
너의 그리움을 깨운다

화들짝 놀란 갈바람 사이로
타닥타닥 리듬을 타는 그리움들
또 한 번 너의 그리움을
이 겨울비에 숨겨야겠다

단풍

누가 볼까 부끄러워
살며시 고개 들었는데
바람이 살짝 와서
입 맞추네

나도 모르게
부끄러워

두 볼을
빨갛게 물들었네

흔적

조용히 눈을 감고 너에 추억을 지웠다
나도 모르게 흐르는 눈물
아픔을 감추려고
입술을 깨물었다

그래
잊자

단풍 물들던 예쁜 가을도
낙엽 되어
떨어지잖아
흔적은 남겠지

흔적이 지워질 때까지
아파하겠지

너를 잊기 위해
소중한 추억들도 버릴 거야

낙엽처럼…

이별 후에

마른 잎 떨어지는
낙엽 같은 너를 보았어

깊게 새겨진
추억들이 울고 있었지

고개 들어 올려다본
푸른 하늘이 미소 짓고 있었지

저 하늘처럼 푸르다며
저 하늘처럼 미소 짓는다면
그대 같았던 하늘이...

깊어가는 가을 앞에
힘없이 떨어지는 낙엽들
추억들은 기억하고 있을까

눈을 감아 버렸습니다.

차마 볼 수가 없습니다
그대의 혼적들
바람 앞에 꺾인 이름 모를 들꽃들
무참히 휩쓸려 버린 그대의 처참함에
차마 볼 수가 없으매
눈을 감아 버렸습니다

아무렇지도 않게
아무 책임도 없는 자연의 재앙에
나약한 인간을 보았습니다
누가 그들을 저버렸을까요?

바람도
물도
아니라
너무나 잔인한
나라서
차마 참혹한 그들을 볼 수 없어
눈을 감아 버렸습니다

이방인

왠지
낯선 너에 대한 사랑이
이제는
익숙해져 버린 느낌
그러면서
널 사랑하고
널 그리워하고
그렇게
이방인처럼
사랑한 우리 두 사람

중독

흔들림이 없는 게 있으랴
가녀린 떨림에도
미동도 없는 너의 마음은
차가워진 날씨 탓도 아니오
오로지 너를 향한 마음이라

쉴 수 없이 갈망하는 애절한 마음
감성으로 엮어보려는 시인의 글귀
찬바람에도
따뜻한 봄에도
뜨겁게 달구어 놓는 열정으로

참을 수 없는 그리운 마음은
어느새
더 애틋한 사랑으로

톡톡
감성의 문을 들어설 때면
나도 모르게
설레며 다가섰지
중독돼버린 그 사랑

가을과의 대화

들리지 않는 메아리처럼
그대는 말이 없습니다
아침 창문을 두드리는 가을바람만이
그대보다 더 나를 먼저 찾아옵니다

그래요
가을과 대화를 시작할까 합니다
들리지 않는 메아리처럼
그대와의 대화는
외롭기만 합니다

지루하지도 않게
가을은 기다리는
내 마음을 아는지
촉촉하게
비가 되어
그대보다 더 먼저
나를 찾아옵니다

그래요
이제부터는

그와의 대화를
시자해볼까 합니다

늪에서 피어나다

그녀는 말이 없이
가슴으로 울어야 했다
질퍽한 늪 때문에
자꾸 움츠려졌지만
그래도 살아야 하기에
바람결에 몸을 맡기며
조용히 때를 기다린다

질퍽한 늪은 그녀에게
필요한 영양분을 내어주며
조금씩 조금씩
생명을 움트게 한다

지척에는 예쁜 들꽃들은
그녀를 의식하지 않았고
각자 주어진 삶 속에 살아간다
늪에 빠져가는 자신을 알고
그녀는 다시금 희망을 꿈꾸며 살아간다

가느다란 빛줄기처럼
어느새

희망이 피어났다
늪 속에 고고한 자태를 뽐내며
수수하기도 하고
도도하기도 한 그녀가
늪 속에 피어났다

길 1

오르지 못한 길은 없다
오르려 하면 할수록
더욱더 가파르고 힘겨워질 뿐
갈 수 없는 길은 없다

사람이 가는 길을
두려워해서는 안 된다
모질고 독한 마음으로
험난한 길을 걸어야 한다

시선이 머무는 길에
사랑이 듬뿍 담겨 내고
고독이 머무는 길에
그리움은 남겨두자

인생의 길에
무엇을 남겨놓든
무거운 어깨를 지탱하려면
쉬엄쉬엄 사랑을 길동무 삼아
우리 차 한잔하면서 걸어보자

우두커니 바라보다 덩그러니 놓인 생각

나이를 들고 보니
생각이 많아지고
아무 생각 없이
우두커니 바라보다
많은 생각만 하게 된다

시간이 갈수록 두려워지고
나이가 들수록 소심스러워지고
말과 행동에 따라
판단이 흐려진다

어제에 있었던 일도 조바심을 태우고
붙잡을 수 없는 시간만 탓한다

우두커니 바라보다
덩그러니 놓인 생각들로
마치 짜인 각본처럼
마음만 복잡한 걸 왜일까?

엄마의 갯벌

조용한 여름 바다
태양은 따갑게 내리쬐는데
타는듯한 어깨 위로
땀은 주르륵 등을 타고 있다

어린 소녀는 갯벌 위에
바구니를 내려놓고
조개를 캔다

따가운 햇볕은 아랑곳하시 않고
소녀는 조개를 줍는다

점점 빨려드는 갯벌
푹 빠져버린 발은
조개껍질에 베이고 말았다

갯벌위로
선홍색 피가 흘러내렸다
따가운 햇볕 때문인지
더 쓰라린 발
여름날은 갯벌 위에 소녀를 태운다

까무잡잡하게 태운 소녀의 얼굴은
어느새
엄마의 얼굴이다

갯벌은 아직도
그대론데
소녀의 허리는
새우등처럼 구부러져 버렸다

바다는
지금도 갯벌 위에서
소녀를 기다리고 있을까
추억은 아프지만
엄마의 갯벌은 소녀가 그립다.

비 맞은 장독대

우수수 떨어지는 빗줄기
우르르 쿵쾅 천둥소리가 요란하다
침묵을 지키던 하늘은
무서운 기침을 하며
시원하게 소나기를 퍼붓는다

어느새
우리 집 앞마당에 장독대가
비에 맞아 흔들거린다
날아갈 것 같은
거친 바람에도
흔들릴 뿐 꿈쩍도 안 한다

엄마가 장독대 위에
무거운 돌을 얹혀놓았다
비는 장독대 위에서
리듬을 타며 춤을 춘다

호기심 가득한 바람은
장독대의 뚜껑을 열어볼 기세로
흔들어 놓는다

여전히 꿈쩍도 하지 않은 장독대

여전히 리듬을 탄 비
그 바람에
숨어있던 어린 소녀의 감성이
장독대 위에서 춤을 춘다

사랑이 되더라

뒤척이는 책장 속에
갈피를 못 잡고
흔들려버린 추억
삶이란
덧없이 흘러가도
추억은 담아지고
차곡차곡 쌓아둔 인연은
사랑이 되더라

이제는 떠나버린 머나먼 발자취
한숨 돌리는 틈새 없이
세상은 또 인생의 수레바퀴 속에
얽히고설킨 삶
고난은
사랑이 되더라

뒤척이는 추억의 일기장을
한 장 두 장 읽다 보면
어느샌가 옅은
미소가 입가에 번지고
희끗희끗 머리가 세어져도

지나가 버린 추억은
사랑이 되더라

속도를 낮추어 걸어요

그대여
속도를 낮추어 걸어요
바삐 가는 일상에서
조금만 여유를 찾는다면 좋겠네요

그대여
간혹 지친 나날로
몸이 만신창이
빨리 가느라 바삐 온 삶
뒤돌아보니 후회되는 일 있잖아요

그대여
조금만 더 생각하고
조금 더 여유를 갖는다면
삶이 훨씬 풍요로워지잖아요

그대여
세월이 빠르다고 야속 다 말고
커피 한 잔 마시며
도란도란 얘기하며 살아요

그대여

속도를 낮추며
우리같이 걸어요
그리고 웃어봐요
그래야
기쁜 일이 생기잖아요!

| 2부 |

방황

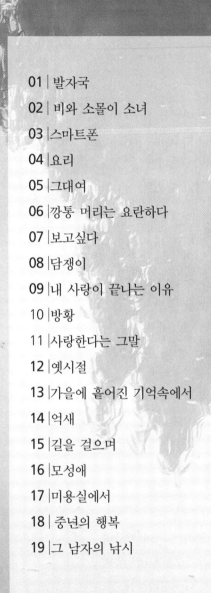

발자국

가끔 발바닥을 보았다
굳어져 버린 뒤꿈치는
틈을 이루듯이
척척 갈라져 있다

어쩌면
모난 발이
억세게도 운이 없나 보다
네 모습을 보니
파란만장한 내 삶이 보여
안쓰럽구나

걸어온 발자국마다
굽이굽이 헤쳐놓은 삶은
망가져 가는 겉모습 위로
새로운 희망을 품었지

뒤돌아보면
후회 없는 흔적이 있을까
까닭 모를 그리움만 쌓이고
척척 갈라진 발꿈치는

인생의 디딤돌이 되어
한 발짝 두 발짝
희망을 향해 걸어간다

비와 소꿉이 소녀

촉촉한 단비가 내렸다
여러 날 몸살을 앓더니
기지개를 켜며
힘차게 내렸다

하늘에서 우수수 떨어지는
단비에
여기저기서
좋아라
아우성친다

후두두 후두두
이 비 그치면 임 오시려나
훌쩍 커버린 아이처럼
어린 소녀는 엄마가 되어있었다

비야
세차게 내려라
비가 내려도
추억은 젖지 않는다
빗소리에

그 옛날 소몰이 소녀가 웃는다

비야!
소몰이 그 소녀는
비에 홀딱 젖었구나!

네가
소녀를 찾아 주었구나!
푸른 초원에 소몰이 그녀가 웃는다

그리고 내가 웃는다
엄마가 돼버린 그 소녀가 웃는다.

스마트폰

만지면 만질수록
빠져드는 매력을 갖고 있다
대화를 잃어버린 사람들
그 속에서
소통하고
스마트폰smart phone은 인류를 집어삼키고 있다

터치하여 움직이며
빨려 들어가는 그대의 매력
나 역시도
그 속에서 춤을 춘다

인격은 사라지고
편리함 속에 스며드는 인류
필요의 악일까?

인류를 집어삼키고도
모르는 그대
까맣게 잊고 있는 그리운 흔적은
그대 속으로 또 숨어 버리고
어쩌면

다시 일어날 수 없는 함정 속에서
살아가는 사람들

스마트폰smart phone
그대는 악마일까?
천사일까?

요리

언제부턴가
내 요리는 사랑이 부글부글 익어갔다
듬성듬성 썰어
볼품없는 들나물 속에
들어있는 돼지고기 요리
돼지고기볶음이다

알 수도 없는 출처에
헤매는 이름도 없는 사랑
행복이 익어간다

능숙한 칼 놀림에
히죽 웃고 있는 들나물
좋아하는 발라드 노래
흥얼거리며
나름 열중한다

드디어 완성된
엄마표 요리
그 옛날 친정엄마의 맛일까?
꿀꺽꿀꺽 잘 넘어간다

사랑이 넘어간다

행복이 전파되어
어느새
뚝딱 사라진
요리명도 불투명한
사랑을 먹어 치운
고슴도치

그대여

그대여
행복한 눈으로 웃어 주소서
차마
연필 끝으로 그리지 못하고
끝내 부치지 못한 편지를
바람에 날려 보내렵니다

그대여
어리석은 이 자식은
오늘도 밥벌이에 바빠서
그대의 늙어가는 모습도
그냥 모른 척 지나치네요

그대여
자나 깨나 자식 걱정
언제나 끝이 날까요?

그대여
늙어버린 자신처럼
저도 자식을 위해
동분서주 몸 축내며

그대 닮아가네요

깡통 머리는 요란하다

내 머리는
깡통처럼 소리 만 요란하다
텅 빈 마음속 들여다볼세라
몰래 감추고는
소리만 분주하구나

텅텅 요란한 소리
누가 들을세라
나도 모르게 감추느라
울리는 요란한 깡통 소리

언제나처럼
봇물 터지듯 시어들이 날아 들렸나
조마조마 애타는
내 머리는 깡통 머리처럼
소리만 요란하다

보고 싶다

봄 햇살처럼 따뜻한
그대 미소가 보고 싶다.

한 움큼 그리움이 풍기는
카페에 앉아
나누는 설렘 한잔에
추억을 머금고 싶다

갈색 탁자가 드리워진 커튼 사이로
가을 향기 가득한 시절에
잠시 이별을 스쳐
내게로 온 인연
그 미소가 보고 싶다

흰 눈 내리는 거릴 걸어보고
그대와 마주 앉아
따뜻한 사랑 오가는 추억을 만들고 싶다

아직도 식지 않는 중년에 향기가 풍길 때
살짝살짝
내 마음을 흔드는 그대가
보고 싶다.

담쟁이

높은 곳에서 낮은 곳을 바라보는
담쟁이 마음은 어떨까?

높은 곳을 향하여
한 뼘씩 담을 넘는 주마등 같은 세월
기세등등하게 아래로
사람들을 향하여
여유를 부리는 그대여

거짓과 권세로 하늘 위에서
낮은 곳을 향하여
여유를 부리는 그대여

높은 곳은
추락할 위험이 있으니
겸손과 미덕으로 사랑을 담으라

아래로 향해 웃고 있는 담쟁이를 보라
온화한 미소가 아름답지 않은가.

사랑도 꿈도

나를 가꾸지 않으면
소용없는 위세일 뿐
마음의 벽을 쌓는 그대보다
행복한 담쟁이

높은 벽을 쌓으며
사랑을 잃어버린
그대여
마음의 벽을 쌓는 그대는
진정
사람의 마음을 얻을 수 있을까…

내 사랑이 끝나는 이유

점점 희미해지는 그대 모습
창밖에 서 있는 그리움

차라리
밀어내지 말지
짙어가는 그리움이 내게 말을 걸었지
아직도 사랑해?

마음의 문은 열어두고
겉으로는 벽을 쌓는 모습이 우습지 않냐고

창밖에 서성거리는 그 사랑을
외면한 채
울고 있는 바보 같은 내 사랑
이제는
내 사랑은 끝났으니
더는 나를 재촉하지 말라며
나는 그리움을 달래는 중이야!

이별은
이별은

그리움이라는 부작용이 늘 따르니까

치료제가 없다는 것
그래도
세월이 지나며 무뎌지기 마련이니까

방황

뒹구는 낙엽 사이로
떠나는 이별 사이로
낯익은 묵은 외로움이
서서히 눈을 뜬다

겨울 시작을 알리는 초조함과
떠나는 가을의 방황
나는 어디로 가야 할까

서서히 물드는 계절의 변화에
내 마음만큼이나 복잡한 사연들
헤집고 들어오는 추억은
또 어디로 가야 하

나도 모르게 스며드는
방황의 질주에
긴 외로움의 싸움은 끝이 없구나!

인생의 빈 잔에
하나둘 내 그리움을 채워놓고
나도 모르게 저울질하는

너의 마음을
가슴속에 숨겨놓고
홀로 빈 잔에

방황을 채우며
독배를 하고 있구나!

사랑한다 그 말

사랑한다
당신을 사랑한다
수십 번 되뇌는 말인데
어찌 네 마음속에 나는
그런 단어 떠오르지 않는지

흐릿한 기억 너머로
멀어져가는 당신
사랑한단 말 대신
희미한 미소만 남기고

잊히는 기억 속에
나는 너에게 뭐였을까
사랑한다
너를 사랑한다

말보다
이별을 먼저 말해버린
나이기에
흐릿한 기억 너머로
사라지는 그 말
사랑한다

옛시절

또 하루가 저물어간다
가마솥에 불을 지피며
김이 모락모락 추억이 움직인다

언제 즈음일까
붉은 장미가 붉게 타오른 오월도
아카시아 향기 은은하게 피오르는 추억이
옛 시절 고향 향기만 할까

어른이 되기를 기다리는 어린시절
사락사락 꿈이 생겨나고
어여쁜 소녀가
꿈많은 소년이
이제 중년에 문턱에 서 있을 줄이야

옛 시절
눈 감으면 생각나는 아름다운 추억이
새록새록
마음이 우울할 때면
마음의 문을 열고 들어와
행복한 미소로 화답한다

가을에 흩어진 기억 속에서

잎이 떨어진
가을 하나가
뿌연 안개처럼 흐려져
흩어지더니

끝내 이루지 못한 사랑 하나의
추억을 흔들고 간다

그대가 좋아서
마냥 좋았던
행복했던 기억마저
혼미한데.

어느새
낙엽처럼 뒹굴더니
우수수 기억 너머로 사라진다

또다시 견딜 수 있을까
그리움을
사라진 기억은

내 가슴 속을 빤히 들여다보고 선
가을 낙엽처럼 흩어져 버린다

흐린 기억 속에 그대는
나처럼
아팠을까

억새

그대의 마음도
가을바람에 흔들릴 때면
때 묻지 않은 내 영혼이
그 옛날 기억 저편에서
나를 찾아옵니다

오색단풍잎도
은행잎도
낙엽 되어 흩어지고
뽀얀 안개처럼 흐려진 기억이
한 움큼 내 마음속을 파고들 때면
깊어가는 가을 앞에
내 마음 따라 흔들리는
내 고향 천관산 억새야

그리운 그 자리
옛 향수에 젖어보며
아름아름 전해져오는 바람 소리에
사각사각 기억을 스칠 때면
그리운 엄마 생각에

내 고향 억새는
어서 오라고 손짓하며
내 마음 흔들고 있구나

길을 걸으며

당신이 허락하지 않는 길은 걸어갈 수 없다

아이를 보라!
세상을 향해 걸어가는 해맑은 그 모습
꿈을 향해 걸어가는 아이의 첫걸음마로
우리는 삶을 향해 걸어가고 있다

길 위에서 바라보는 세상
각자 주어진 삶 속에
나는 어떤 길을 걸어왔을까

때론 지치고 외로운 길
동행하면 사랑으로 걸어가는 행복한 길
그 길에 해가 뜨고 비도 온다

삶의 끝자락에 서서
내가 걸어왔던 길을 돌아볼 때
어떤 길을 걸어왔는지는 중요치 않다
다만 내가 걸어가는 길에 자신감을 가져라

과연

내가 꿈꾸는 길을 걸었던가…
생각해 볼 일이다

비바람 속에서도
세상을 향해 걸어가는 아름다운 동행
그 삶 속에서 웃고 우는 나
그 길을 걸으며
세상을 향해 걸어가는 어린아이처럼
행복 향해 걸어갈 것이다

모성애

손가락 사이로 피가 흘러내렸다
파르르 떨리는 손
꾹 눌러 휴지로 지압해도 피는 멈추지 않았다
내가 없는 사이에 어린 아이가 다쳤다
마음이 쓰라리다
찢겨 진 상처보다는
마음이 더 아려온다

사랑은 국경선이 없다고 했다
모성은 사랑보다 진하고
피보다 붉다

흘러내린 핏자국이 내 마음에 얼룩졌다
내 어머니도 그랬겠다
아픈 나를 이끌고
병원을 찾아다니며
어린 자식보다
자신이 아픔을 대신하기를 바랐을 것이다

손가락으로 흘러내리는 모성이
한 땀 한 땀 꿰매는 의사의 손길에

스르르 움직였다

그 옛날 엄마의 한숨 소리가
귓가를 자극했다
얼룩진 상처에 웅크린 모성이 소리 없이
내 마음에 내려앉는다

엄마 이제야 당신의 마음을 헤아립니다
아프신 당신의 몸보다
자식 몸 아픔이 더 쓰라리다는 것을
붉게 물든 모성애가 나도 모르게 움직인다
엄마처럼

미용실에서

때로는 당신이 기분전환으로
머리를 식히던 날
조금은 외진 시골미용실 분위기는
자유로운 여인들의 넋두리가 한창이다

뽀글뽀글 파마머리에
한때는 잘나갔던 그대들
펑퍼짐한 몸매에
인생 얘기에
도란도란 사랑이 익어간다

미용실에서 들리는 아지매들의 수다에
솜씨 좋은 미용사의 손놀림은
흐르는 청춘을 되돌려 준다

촌 아지매에 구수한 사투리
아등바등 세월을 낚아서
도란도란 나누는 정다운 수다는
시간 가는 줄 모른다

어느새

세련되게 다듬어진 머리
아무도 모르게
아픔이 숨어버린
미용실에서
행복이 웃고 있다

중년의 행복

그때는 당신도 힘들었나요?
삶이란
이따금 아픔을 동반하며
그리움을 만듭니다

그래도 될까요?
때때로 그대 생각나서 헛웃음 치며
장난스럽게 안부 물어도
이상하지 않나요?

삶이 조금 여유로워지니
지난날 당신과 함께 힘들었을 때가
더 그립네요

세상 물정 모른다고
초조함에 늘 걱정하지 않았나요
그때는 몰랐습니다
그때 당신 나이가 지금 되고 나니
내가 당신처럼

모든 게 그리워지니 말입니다

한때는 사랑했노라고
모질게 그리워하고 아팠던 기억이
추억으로 남아서
행복한 웃음을 짓고 있네요
당신처럼요

그 남자의 낚시

마음을 비워야 한다
모든 걸 내려놓고 집중해야 한다
오로지
그 녀석을 잡기 위해 욕심을 낸다

그 남자는 세월을 낚는다고 했다
숨 막히는 현실 속에서
살기 위한 몸부림일까
일탈일까

그 남자는 살기 위해
마음을 비우는 연습을 한다
그 녀석은 애간장을 태우며 좀처럼
그 남자의 현실 속으로
모습을 드러내지 않는다

욕심 따윈 없다고
남자는 세월 속에
오로지 자존심을 지키려
마음을 비우는 연습을 한다

깊은 바닷속에서
그 남자의 세월이 흐느적거린다
출렁이는 물결 속에
낚아지는 손맛의 희열을 잊을 수가 없었다

무엇이 숨어 있을까
그 바닷속에서

자아를 찾기 위한 몸부림
아직도 식지 않은 열정
꿈틀거리는 야망 속에 출렁이는 청춘

그 남자는
아직도
그 손맛을 잊을 수가 없어서
부딪치는 현실 속에
자존심을 낚으러 간다

| 3부 |

도심속의 고독

인생은 행복한 동반자

피고 지는 꽃이라도
생명의 끝은 있으니...

가녀린 떨림조차도
침묵으로 승화하는
고독한 지휘자

덧없이 흐르는 삶 속에도
혼자 서는 설 수 없는 연주

너와 나 손 잡고
함께 가는 인생길
오손도손 나누는 대화 속은
향기로운 커피보다
더 진한 사람 냄새가 나서
더 좋으리...

숨 고를 새도 없이
돌고 도는 세상 속에도
너와 나
행복을 연주하는 동반자

고독한 삶도
그리운 삶도
희망 속에 피는 아름다운 선율

흐르는 세월 속에
피고 지는 꽃보다
진한 사랑의 꽃으로 피어나
마냥 가도 좋으리

접어둔 시간

왠지 갈 길을 가다 말다가 돌아본다
늘 그러하듯이
추억은 아파도 그립다
주섬주섬 꺼내 본 시간
추억이라 하기엔
아프다

바쁘게 살아가는 시간 동안
얼마나 많은 추억을 만들었을까…
더듬을수록 그립다

추억의 보자기 속에
그리운 사람들
그 속에 왠지 낯선 이방인처럼
지금 이 순간이 낯설다

돌아본들 무엇 하나
건질 것 없으니
추억하나 하나 소중한 그리움은
접어둔 시간 속에 묶여 있었다

추억은 영원하나
그리운 마음은 늘 아려온다
온통
혼미해진 시간 속에서
난…
접어둔 시간을 또 그리워한다

겨울 산

그대 발걸음 기다려 왔을까
펑펑 쏟아지는 눈 사이로
깊게 새겨진 그리움 하나

한폭한폭 수를 놓으면
그리움이 스며들 때
한 발짝 두 발짝
임을 반길 채비를 하는 겨울 산

혹독한 추위도 잊은 채
어여쁜 미모 뽐내며
임을 반겨준 겨울 산

사랑했으리라
사랑했으니
눈길 속에 한 발짝 두 발짝
설렌 마음 안고
너를 만나러 간다
그리움 새기며

귀가

늦어지는 귀가에
그대 마음을 들켜버렸는지
빨갛게 그을린 하늘

따뜻한 품이 그리워지는 저녁놀
뭐가 그리 궁금한지
발길을 멈추고 바라본다

왜 저토록 아름다울까
시간 속에서 헤매다 지친 영혼 사이로
미소가 머금고

한바탕 하루 일과와 싸우는
나의 외로운 전투
귀갓길 반기는 석양 아래
쓸쓸히 사라지는 무거운 외투 속
행복한 웃음이 마중나온다

행복한 비명

모든 것이 순조로운 새해 아침이다
느슨하게 하루를 시작하고
축 늘어진 어깨도 아랑곳하지 않고
새 희망을 노래한다

언제나 그러하듯
그렇고 그런 일상이지만
비뚤어져도 보고
비탈진 고갯길을 걸었던 인생길
굽이굽이 돌고 돌아
다시 종착역 없는 길을 걸어간다

이러들 어떠리
저런들 어떠하리
너털너털 걸어가 보지만
마냥 즐겁고
언제나 슬플 수 없는 나의 일생

사소하지만
평범한 진리를

한 번쯤 깨뜨리고 싶은
욕구가 샘솟는다

내 나이 벌써
중년을 넘어서고
내 곁에
말벗이라도 있다는 게
얼마나 다행인가…

아!
성공했다
나도 이젠 당당하게 나서봐야지
자신감 업데이트
행복한 비명을 질러보며
행복 충전 완료

12월의 버스

창문 틈으로 스치는 메마른 바람
나도 모르게 흐르는 초조함

갈 길이 바쁜 거리
스산한 바람 사이로 가을이 지나간다

어둠이 찰랑이면 스치는 고독 사이로
집을 향해 걸어가는 시간 속은
수많은 생각이 겹쳐진다

참참한 마음엔
어느새 12월의 연가
버스 안에 선
이어폰속의 가득한 행복이 머금고

라디오 앰프처럼
안내원마냥 알리는 버스 정류소
스르르 열리는 버스 하차 문 따라
겨울도 함께 내린다

도심속의 고독

도심 한복판은 왠지 쓸쓸하다
저마다 바쁜 일상 속
옷깃을 스치고 지나가는 인연
그러나
감정 없는 인형들

스마튼 폰 터치 아래
나름대로 바쁜 손놀림
정은 사라지고 무표정한 얼굴

세상만사 그리움 등에 지고
여유로움이 없는 사람들
고독 속의 사랑은
어느새
스마트폰 터치 아래
웃는다

도심의 풍경
지하철 속의 분위기
분주한 서울역
어느새 나도 모르게
고독에 머문다

바람소리

입에서 짜디짠 내가 났다
달고 쌉싸름한 맛
짙은 아메리카노 커피 향기가 그립다

계절에 민감한 바람은
새 옷을 입고
빨리 가자고
나에게 재촉한다

한발 두발 내딛는 발걸음이 무겁다
이제는 걸어야 할 때
입에서 짜디짠 짠 내가
소리 없이 마른침을 삼키고 있다

먹이를 찾는 하이에나처럼
들판을 향해 스치는 바람 소리가
스산하다

안절부절
갈피를 잡지 못하는 바람
공들여 쌓은 모래성이

바람 소리에 스르륵 말없이
무너져 내릴 것 같았다
이제는 바람 소리가 그쳐야 하는데

벽

벽 하나 사이에 두고
그대와 나는
감정 없는 인형처럼 서 있다

애초부터 시작되지 말았어야 할 인연을
너무 먼 시간여행을 온 듯
난 낯선 거리가 외롭지 않다

표정 없는 그늘에 앉아
대화 없는 벽을 두고
손을 내미는 그대

흔들어도
또 두드려봐도
감정 없는 인형이 되어
그대의 벽에 서 있는
내가 두렵다

가까이하기엔
너무 힘겨운 그대

이젠
그대의 벽을 향해
더 이상 소리치지 않으리…

말 없는 바람 소리가
냉랭한 내 귓가를 흔들어 깨우고 있다.

그대여 외로워 마세요

마지막인 것을 알기에
갈대는
그렇게 울었나 봅니다.

목마른 여름날처럼 사랑은
서서히 비켜 가버린 운명이었습니다.

그리움은
때 이른 이별에
저렇게 서럽게 울어대던
갈대였습니다..

그대여
외롭다고 하지 마세요
차곡히 쌓여가는 그리움은
마지막 입맞춤도 잃어버렸나 봅니다.

살다 보니
불 꺼진 그대 마음의 창에
간혹 또 간간이
빛이 들어온다는 것을

나만 모르고 있었나 봅니다.

사람들은 그리움이 오래가면
무덤덤 해져서
외로움을 잊기 위해
술 한잔 기울다 보니...
어느새
이별은 소리 없이
지나가고 없군요.

그렇죠?
사랑이 별건가요.
사는 게 별건가요.
지나가고 보니
이별의 순간이 아플 뿐
그리움 안고 사는
외로운 습성이
삶의 일부분이 되는군요.

그대여
외로워 말아요
나도 외롭더이다.

낙화

그 언젠가 말했지 봄이 오면 또 그렇게 가듯이
또 오는 계절에
철 따라 그렇게 간다고
더러는 이별에 아픔도 동반하는 거라고

아름다웠던 시절
빗줄기에 또 바람의 시샘에
한 장 또 한 장
이별을 맞고
슬픔도 또 외로움도
한때의 추억이라고

아직도 남아 있는 마지막 생을
안간힘을 쓰며 버티고 서 있을
안쓰러운 흔적을

비바람 속에도
그리운 마음을
하나둘
내 곁을 떠나며
꽃피는 봄날은 또 이렇게 가는 것을

헛웃음 속으로

나는 욕심이 많아서
언제나 과장되게
큰소리로 웃습니다

삶을 긍정적으로 생각하려는
내 의지와 달리
역방향으로 흘러도
헛웃음 속으로 사라지는
희망을
바라보며

웃고 울어도
그냥 모르는 척 흐르는 세월은
그저 헛웃음 속으로
인내의 길을 걸어갑니다

웃지요
그저 웃지요
아픔은 때로는
희망의 버팀목으로 살며
삶은 기억의 일기장에
희망을 쓰렵니다

아버지의 장날

아침 일찍부터 서둘러 장에 가시는 아버지
평소에 안 신던 구두 한 켤레
대충 마른걸레로 닦아내고
훌훌 털며
바람 빠진 자전거를 타고 장에 가신다

신발 대 위에 가지런히 놓인
하얀 고무신
주인 잃은 신세
단짝처럼 붙어 있다가 외로운 모양이다

농번기 논에 가실 때면
고무신 한 켤레면 농사일도 거뜬하다

시골장 날
밑이 닳아빠진 고무신 때문에
발바닥은 만신창이
오늘은 고무신 한 켤레 사야지
마음만 굴뚝
어린 남매 운동화를 고르느라 여념이 없다

빠듯한 살림 가난한 농부

집에서 아버지를 기다리는 고무신은
아버지 허기진 살림살이
궁핍한 뒷모습을 알고 있었을까

한 번씩 장날이며 신었던 구두는
불편한 심기를 건드려 놓는다

양손 가득히
고등어자반 밑 반찬거리 등을
자전거 뒤에 싣고
유유히 집을 향해 가는 발걸음
아버지의 귀가를 반기는 어린 남매와
하얀 고무신 한 켤레가 아버지를 향해 웃고 있었다

더 이상 음악이 흐르지 않았다

화려한 날개가 꺾이어
널브러져 있다
쾌락을 좇다 보니
비참한 몰골

꺼질 줄 몰랐던 화려한 질주
가식적인 사랑 뒤에
비참한 최후

화려한 모습 뒤로 감춘
악마의 유희
춤추는 촛대 위에
환상을 좇는 사람들
시선이 멈춘 뒤
음악도 더 이상 흐르지 않았다

매일매일 주목받던 시선은
마수에 걸려버려
화려한 날개를 접고
비참한 최후에 조롱당하고 있구나!

지칠 줄 몰랐던 그들의 질주에
하늘도 노하셨나보다
더 큰 폭풍우가 오기 전에
화려한 날개를 접느라
여념이 없구나!

사색에 잠길때면

내 고향 남쪽에 봄이 오면
그리운 추억 향기 피어나고

봄비 맞아 푸른빛으로
스케치하는 산과 들

나도 모르게 사색에 잠겨보는
추억의 향기

분홍 나루 카페에 앉아
어린 시절 추억에 젖어보고

천관산에 진달래
살랑살랑 흔드는 바람 소리

엄마처럼 따뜻한 포근한 향기

신작로 옆 자그마한 오솔길
말괄량이 소물이 소녀 웃음소리

아름아름 풍겨지는 옛 향수
그리워라

봄비와 아메리카노

봄기운이 완연한 그 날에
봄을 재촉하는 그리운 비가 왔다

이른 아침부터 밀려오는 피곤함도 잊은 체
촉촉한 그리움이 가슴에 머문다

사랑했을까
설레는 사랑 하나 마음에 품고
나는 짙은 아메리카노 향기에 취해 있었다

그래
달콤한 커피믹스보다
더 짙은 아메리카노 같은 내 사랑

촉촉한 빗소리에
너 닮은 아메리카는
나의 옛사랑

봄비
그 빗소리는
흠뻑 내 마음 흔들고 있구나

추억 속에 그대는

내가 찻집에 들어설 때면
그대는 구석진 창가에 앉아
커피를 마시고 있었지

자욱한 담배 연기와
향기로운 커피
그리고 말쑥한 차림의 DJ가
한껏 목소리에 멋을 부리며
들려주는 감미로운 음악에 취해 있었지

그리고 오래된 극장에 앉아
삼류영화를 보며
슬쩍슬쩍 코를 고는 그대 모습에
웃기도 했었지

그렇게 모든 게 익숙해지고
길드는 삶의 길모퉁이에
꾸역꾸역 젊음을 양보해가며
우리는 허탈하게 웃고 있는지 몰라

그대가

내게 추억을 만들어 준 그대가
이따금
내가 마음이 아플 때면 놀러 와
내 마음을 다독여주며
그렇게 세월이
우리 곁에 지나가고 있는지 몰라

이제는
추억 속에 그대는
낯익은 일기장을 펼쳐놓고
도란도란 얘기꽃을 피우며
애틋한 옛사랑을 그리워하는지 몰라

낙엽

뒹구는 낙엽이 슬프다
창가에 비치는 네 모습이 시리다

이 가슴에 사연 없는 사랑이 있으랴
뒹구는 낙엽 따라 떠나는 가을아
사랑이 목마른 계절

나는 사랑을 모른다
애틋했던 그 사연이
그 남자를 깨운다

가을이 남자의 계절이라 말하지 마라
낙엽은 그냥 또 하나의 미련을 남기는
그리움 조각이니라

텅 빈 가슴에
불러도 대답 없는 메아리처럼
떠나는 낙엽은
예전에 너의 모습 같구나!

바람아, 멈추어다오

아스라이 아스팔트를 질주하는
그 사연 따라 떠나는 가을이 슬프다

그래도
마지막 잎새가 더 시리는 건 왜일까
마지막까지
너의 그리움을 두고 가는 슬픔 때문일까

소나기

비가 온다
내 마음에 비가 온다
이 비가 그치면
더 밝은 햇살이 내리려나

갑작스러운 소나기에
내 마음이 흠뻑 젖어버렸는데

웃지도 못하고
울지도 못한 내가
바보 같아서
그 비바람 속을 혼자 걷고 말았다

비 그치면
돌아보고 웃어야지
지나가 버린 상처를 끌어안고
더 이상 울 수는 없어

서서히 비가 그치면
맑게 갠 하늘 위로
내가 갈 길을 열어주는

무지개가 뜰 거야

내 마음 다독이며
이제는
웃어보아야지
그냥 지나가는 소나기이니까

| 4부 |

잉태

안개

아마 눈물이 말라버리는 게 이런 것인가...

내 거울 속을 들여다보는 듯
아픔이 서려 있다

흐릿하게 또렷하지 않으려
안간힘을 쓰며
그는 안갯속을 걷고 있다

아프다
그가 보고 있는 슬픔이 너무아프다
그가 지쳐버릴까 마음이 무겁다

빨리 안개가 걷히기를...
수많은 사연 속에
왜 그 사연만 아파보일까

짙어지는 안갯속을
나도 덩달아 걷고있다
이제는

그냥 그 옆에 있어 주기만 하면 되는데
살며시
내 손을 놓아버리는
그가 야속하다

그대의 뒤안길

마지막이라는 예고도 없이
그대가 떠나간 빈자리

눈물도 이제 더이상
젖지 않는데

그대가 있는것 같아
돌아봐도 없고
또 돌아봐도 보이지 않는
그대 뒤안길

뭇 사람들의 등 뒤에서
나를 지켜보며
환호하고 좋아했던
그대의 마음

이제는 알 것 같아요
사랑은 나누는 거라며

더 이상
내 옆에 설 자리가 없어서

말없이 침묵 속에
다시 뒤안길 걸어가는
그대의 눈물을

비가 그친 후

그대가 투명한 무채색으로 보인다
보일 듯 말 듯
마음을 들킬가봐
소소하게 내린 비로 인해
그대의 마음이 보인다

유리창에 빗물
흐릿하게 말라버린
얼룩진 상처
끌어안고 싶지만
안을 수가 없네

수많은 시선 사이로
오가는 오묘한 눈빛
누굴 위해
저만큼
애절한 사연을 담는걸까

슬프지만
따뜻한 그대의 눈을 담고 싶은데
빗소리마저 그쳐 버린 날

난 또다시
그대가 궁금해진다

마음과 마음의 거리

잠시 닫았던 마음 내려놓았다
커튼을 젖히니
밝은 햇살이 들어오는 걸
너무 모르고 살았나 보다

힘듦을 느끼는 건
내 주위에 사랑을 심지 못함이라
살짝 내 욕심을 내려놓으면 될 것을

촉촉한 비가 내린다
너무 많이 내린 탓일까
온 집안이 눅눅하다

자!
이제는 커튼을 열어 놓을 때
밝은 햇살이 응원을 보낸다
힘내라고

손을 뻗어
다시 그에게 악수해야지
이제는
그 사랑 놓치 말자고

새벽비

새벽 창가에 부서지는
빗소리
낯익은 초여름의 풍경

후두둑 후두둑
리듬을 타고
산뜻하게 다가오는
빗소리

느릿느릿 내 맘속에 머물다
빗소리에 젖어버린
그리운 얼굴

어머니

어쩌면 당신은 나밖에 모르는가요?
귀에 익은 그 목소리는
언제나 나만 걱정하시는데

뒷바라지도 못했다는 미안한 마음에
가난한 살림
한숨 소리 이 어찌 모르겠습니까

뒤엉켜버린 자식 삶이
자신의 아픔보다 가여우니
슬픔을 감추기 위한 그 사랑을 어찌 모르리오

저 또한 감당하기 힘든 시간을 감추느라
애써 웃어보지만
슬픔은 감추지 못하니

어머니!
내 어머니!
내 무거운 어깨를
당신이 알까 혼자 웁니다

어머니!

슬픔이 스며들던 여러 날이
모질고 모질지만
삶은 노력 없이 가는 게 아니더이다

그 사랑을 알기에
힘든 시련도
모두 내 삶의 희망의 끈이라 여기며
무던히
그 가시밭길을 걸어가 봅니다

어머니!
보고 싶습니다
참 온화하던 그 사랑이 고맙고
또 그립습니다
사랑합니다

인생

흩어져 있던 모든 순간이
기지개를 켜고 있다
일탈을 꿈꾸며
자유롭게 날아든 깨끗한 영혼

번뇌를 잘라내는 외로운 고통에
일그러진 삶의 표정
순간의 선택에 운명은
맡겨진 시간 속을
밀물처럼 왔다가 순식간에 지나쳐 간다

날개를 펴라
찢겨 나간 그리움을 파고들 때면
이따금 아픔이 일겠지만
그것 또한 아름다운 고통이다

한평생 살다가 삶의 무게를
짊어지지 않고 지나가는 인생이 어디 있으랴…
견딜 수 있는 시련만큼
신은 너를 선택했기에
꿈의 나래를 크게 가져라…

운명처럼 엮어가며
모든 순간이 순식간에 지나쳐 가지만
인연의 굴레에 애달픈 사연
그 사연 안고 또 다시 나는 봄을 기다리는
인생의 미로 속으로 시간의 날개를 펴리라

일상에서

습관적으로 너를 사랑하고
직감적으로
너의 기분을 알아버리는
마음의 병

가슴속에 일렁이는 못다 이룬 사랑
내 거울을 들여다보듯이
늘 애착이 간다

덩그라니 놓인 그리움 한 조각
커피숍 창가에 앉아
두런두런 시간을 쫓는 삶의 무게를
가볍게 스트레칭해준다

일상에서 지친 영혼을 씻어버리려는
포근한 그리움
늘 애달게 내 가슴속으로 스며드는
너를 찾는 본능
사랑이었다

커피

달달하고 쌉싸름한
부드러운 카푸치노

감미로운 음악처럼
매력 있는 아메리카노

살짝 그리움 풍기는
중년의 향기같은
에스프레소

커피는 늘 부드럽게
내 목청을 넘기며
날 향기로 유혹하지만

늘 따뜻한 마음으로
달콤한 말로
내 마음 흔드는
그대가 더 좋으네요

커피향 보다
짙은 향기 풍기는 그대
사랑해도 될까요

커피숍에서

남몰래 창밖으로 스치는 봄을 보았다
사람들의 시선은
온통 어수선한 바이러스로
몸살을 앓고 있다

봄은 어디로 갔을까...
친구랑
오랜만에 수다를 떨고 있었다
아~
봄은 이런 것인데...
씁쓸한 미소 지으며
마스크로 무장한 봄이
커피숍 창가에서 웃는다

친절한 여주인
간결한 커피내음
봄은 마음속에 피어나는 꽃이다

우리들의 수다 속으로 스치는 봄
그곳에 봄이 숨어 있었다
살짝 웃는다

나 이대로 다시 새봄 맞으며
커피 한 잔 속에 봄이 스친다
우리들의 봄이 웃는다
나도 웃어본다
봄을 향해

사랑하는 나에게

사람들은 나에게 말했지
사람은 혼자서는 살 수 없는 거라고

누군가가 나에게 말했지
사랑하는 누군가를 위해
나도 사랑하라고

어떤 이가 나에게 말했지
열 명의 친구보다
한 명의 진실한 친구가 좋다고

나를 사랑하는 이가 말했지
건강을 잃으면 모든 걸 다 잃는다고
끼니 잘챙겨 먹으라고

그래 사랑하는 나에게 내가 말했지
소중한 나를 위해
그 누구보다 나를 사랑하고 웃어보라고

여름 풍경

피곤해서 풀리지 않는 수수께끼처럼
새벽녘의 비는 아침의 문을 열어둔다

가늘어졌다 굵어졌다
일상의 피로함도
싱그러운 오월에 젖는다

빗소리 좋다
따뜻한 커피숍 창가에 기대고 싶은
충동을 안았다

달콤하다
여름으로 향하는 빗소리
미리 살짝궁 와서는
여름을 남모르게 그려 놓는다
나도 모르게
감성에 젖어

모바일 중독

무감각인 언어가 나를 깨운다
휴대전화기 알람은
적막한 SNS 출구

습관적으로 감각은
무의식을 지배하며
폰 터치를 누르고 있다

알 수 없는 시간과 공간을 초월하며
일취월장으로 발전하는 새로운 방황

잃어버린 자아를 찾는 건가
애틋한 사랑을 찾는 건가
사람들의 대화를 끊어버리는 걸까
이어지는 걸까

밴드 카톡 페이스북
온라인게임으로
사람들의 시선을 사로잡는 모바일 속

눈을 뜨는 순간

잠들기 전에도
무의식중에
내 마음을 지배하는
무서운 친구

휘몰아치는 어둠도 뚫고
기억을 찾아
사랑을 찾아
무의식중에
모바일 속으로 숨어버린
나의 수많은 생각
어디로 갔을까

마음의 문

격식을 따져 무얼 하겠어요
나는 그대가 마냥 좋은걸요

마음이 가는 데로
눈치 보지 않고
그냥
좋은 게 좋은 것 아닐까요?

저는 그대 마음이 좋아요
사람 좋은 냄새 나는
생김새가 인상적이거든요

돈이 많아서 좋을까요?
멋스러워서 마음이 갈까요?
아니에요
인품에서 풍기는
이미지가 좋아요

마음의 문으로 들어오는
매력이 있는 그대가 좋아요

왠지 아세요?
그대가 나를 좋아하니..
그냥 좋은 것 같아요

이제 마음의
문을 열어놓겠습니다

아버지의 바지게

느릿한 걸음에 무거운 바지게
아버지는 담배 한 개비로
쉼 없이 찾아오는 삶의 무게를 견딘다

빗소리가 잦아들었다
안 그래도 무거운 바지게는
비 때문인지
달팽이의 걸음걸이 마냥 천천히
무게를 음미하며 걷는다

그토록 벗고 싶은 가난의 옷
아무리 발버둥 쳐도
나가떨어지지 않았다
초여름의 비는 아버지의 바지게를
더 무겁게 만들었다

달팽이는 그 무거운 집을 지고도
천천히 걷는다
행복한 걸음걸이
살금살금 무거움은 가벼운 솜털처럼

동그랗게 집을 짓는 달팽이

평생 집을 짊어진 달팽이의 고단함은
아버지를 닮았다
담배 한 개비에 한숨 한 모금
등 뒤의 바지게는
아버지도 모르게 행복한 희망을 실어 놓는다

어느새 모락모락 희망이 자란다
무거움도 잊은 체 또 길을 나서는 아버지
이마에 가로로 깊게 새겨진
행복이 종착역으로 향한다
아버지는 바지게를 잃었다

잉태

그 어떤 이유로 고통이 따르는가…
행복을 잉태하는 아름다운 고통

차가움도 두려움도
한치의 망설임도 없이
슬픔도 잉태하며
고통을 도려낸다는 것

사랑하나 만으로 충분하기에
거짓도 교만함도
더 이상 속박하지 않는
사랑으로 채워지는 것

그대가 있어서
삶은 아름답게 채워지며
또 그렇게
사랑을 잉태하는 것

새벽녘에

터벅터벅 새벽을 걷는다
새벽은 가벼운 다이어트를 했나보다
별의 무게를
가볍게 스트레칭해준다.

맑은 새벽 공기
뽀송뽀송 하루의 시작을 알리며
잠시 하늘을 빌려 간
별빛도 잠들기 시작한다

오늘 아침은 어떤 반찬으로 세수할까
일찍 나온 새 한 마리
새벽 공기를 새치기한다

오류

너에게 길든 나는
무엇을 해야할까

착각 속을 걷고 있는 것은
늘 너에게 가는 길

수십 번도 수백 번도
널 향해 내 마음은 걷고 있었지

너도 날 향하여 오는 거라고
시간의 오류 속에
너는 내 마음을 훔치고 있었지
봄이 지나는 길목에서

회상

바라만 보아도 좋았다
내가 거니는 이곳
그와 걸었던 이곳

그저 마냥 좋아서
함께했던 시간
꽃비 내리던 이곳에
그가 환하게 나를 반긴다

기억을 잃은 내 마음속을
잠시 그가 다녀간다
나도 웃어본다
수줍게

그리움

그는 아침마다
상쾌한 리듬을 전했다

카톡으로 느껴지는
그대의 섬세한 멜로디는
보이지 않는 그대의 사랑이었다

멀리 있어도
그의 심장 소리가 전해지는
가슴 따뜻한 응원
차디찬 겨울도 이겨내는 봄처럼
그는 나에게 다가왔다

길 2

아파도 걸어야 한다
언젠가 만날 널 위해

꿈이 있다는 것은
내가 살아가는 이유니까

꿈이 향해 걸어가는 길은
한걸음 또 한걸음
희망의 꽃씨를 심는 거니까

넘어져도 좌절하지 말고
다시 일어나 걷자

| 문청 오난희 시집 해설 |

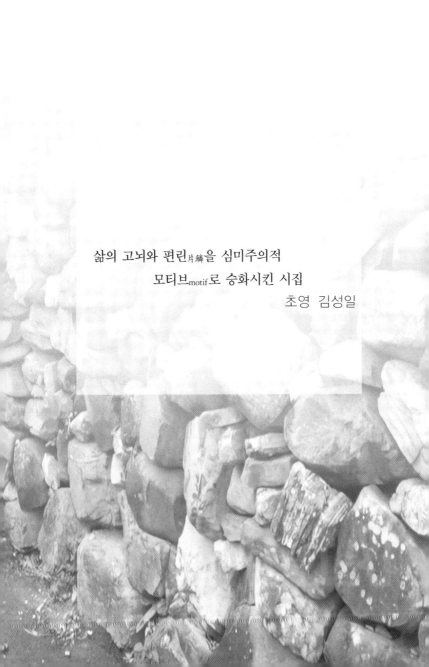

삶의 고뇌와 편린片鱗을 심미주의적

모티브motif로 승화시킨 시집

초영 김성일

삶의 고뇌와 편린片鱗을 심미주의 적 모티브motif로 승화시킨 시집

초영 김성일

[들어가며]

오난희 시인. 그녀는 순수하다.

그녀의 순수함 속에는 번뜩이는 知性에의 갈망과 영감靈感을 관통하는 천재적인 예술혼이 잠재되어 춤추고 있다.

시는 작가의 주관적인 감성이 시학 詩學의 객관적인 관찰력을 거쳐서 생산되는 함축과 은유, 아름다움을 묘사한 고도의 언어예술이다.

시인의 시적 모티브motive는 언제나 자아발견自我發見에 그 뿌리를 두고 내면의 가혹한 인내의 정점에서 詩想이 탄성으로 용솟음치는 삶의 생찰省察로 발견된다.

시인은 끝없이 심해深海를 항해하는 잠수함이다. 그녀의 시詩는 군더더기가 없는 직설적 은유로 삶의 아픈 곳을 직시하고 조명하고 스스로 그 해답을 제시한다.

그녀는 다재다능하고 낙관적인 천재 시인으로 언제나

따뜻한 감성으로 주변을 껴안는다. 자신의 아픔으로 타인을 편안하게 만든다.

시인은 동영상 작가로도 활동하고 있다. 그녀가 창작해내는 동영상은 상상 이상의 초월적 신비주의로 미적美的 깊이가 심해深海보다 깊다. 생활의 질곡桎梏을 넘어 예술의 깊고 험난한 항해를 하는 오난희 시인에게 독자들의 끊임없는 격려와 사랑이 쏟아질 것을 믿는다.

왜냐하면 그녀의 시詩에는 삶이 용해되어 있고, 희망과 꿈이 살아있으며, 삶의 철학이 꿀물처럼 함축되어 흐르기 때문이다. 그녀의 詩는 심층에서 우러나는 사유思惟를 그녀 가슴으로 작곡해내는 창작 오페라와 같이 달달하다.

필자가 그녀를 처음 뵙게 된 것은 사) 문학 愛(2017년 10월) 사랑이 머문 세월」 출판기념회 때였다.

문학 愛에서 그녀의 등단 시를 심사하면서, 필자의 첫 시집「사랑이 머무는 세월」 출판기념회장을 기립박수로 수 놓았던 그녀의 댄스 축하는 언제나 잊히지 않는 에너지의 원천으로 남아 있다.

시인은 탐구하고 관찰한 사물을 시적 메시지(message)로 직조 織造하고 승화시킬 줄 아는 시인이다.

시인이 영혼의 울림으로 노래하고 탐미하고 고뇌한 첫 시집 발간을 축하드리면서 예술인으로 독자들의 가슴 속 밀알이 될 것을 기도드린다.

1. '옛시절에 묻어나는 순수함이 이슬처럼 맑다.

　저물어가는 하루의 끝자락에서 가마솥에 불을 지피는 화자의 추억을 '김이 모락모락 /추억이 움직인다. 라고 변형묘사로 1연을 시작했다.

　동적動的으로 발아한 자아自我는 장미의 선홍에 옛 시절 사춘기를 되새기며 추억을 새김질하고 있다.

　중년의 문턱에서 마음이 우울할 때면 새록새록 마음의 문을 열고 들어오는 화자의 미소가 상큼하게 詩의 참맛을 보여주면서 미소로 화답하고 있다.

❝

또 하루가 저물어간다
가마솥에 불을 지피며
김이 모락모락 추억이 움직인다

언제 즈음일까…
붉은 장미가 붉게 타오른 오월도
아카시아 향기 은은하게 피어오르는 추억이
옛 시절 고향 향기만 할까…

어른이 되기를 기다리는 어린시절
사락사락 꿈이 생겨나고
어여쁜 소녀가
꿈많은 소년이
이제 중년에 문턱에 서 있을 줄이야

옛시절
눈 감으면 생각나는 아름다운 추억이
새록새록
마음이 우울할 때면
마음의 문을 열고 들어와
행복한 미소로 화답한다.

-「옛시절」 전문

　시인의 순결한 감성이 명품도자기처럼 중년이 된 지금도 풀잎에 맺힌 아침 이슬처럼 맑고 곱다.

　오난희 시인의 옛 시절은 「회상」에서 그 진수를 드러낸다. 좋은 시란 간결함 속에서 되새김으로 되어 있는 큰 산이다.
　산은 높을수록 멀리 바라본다. 짧은 詩속에 은밀하게 감추어진 주제를 인식하는 것은 독자의 몫이다.

바라만 보아도 좋았다
내가 거니는 이곳
그와 걸었던 이곳

그저 마냥 좋아서
함께 했던 시간
꽃비 내리던 이곳에

그가 환하게 나를 반긴다

기억을 잃은 내마음 속을
잠시 그가 다녀간다
나도 웃어본다
수줍게 …

-「회상」전문.

1,2,3 연의 단아함 속에 그와 내가 살고 있고 또한 살아있다. '바라만 보아도 좋았다' 마음의 문을 활짝 열어버렸다. 미사여구가 왜 필요한지를 보여주는 발상이다.

-내가 거니는 이곳/그와 걸었던 이곳-으로 진술하게 행위를 인정한 어법語法 또한 예사롭지 않은 담백함이 묻어난다. 좋은데 어쩌랴 그저 마냥 좋은데 꽃비 내리던 이곳에 반기는 그를 회상하는 시인이 안쓰럽기까지 한 2연이다. 그러다가 지친 시인은 기억을 잃은 것이 아니고 사랑을 지운다. 짧은 문장 속에 화자의 깊은 사랑의 전설이 살아있다.

2. 시인의 가녀린 모성은 엄마를 닮아가는 여인의 길

오난희 시인은 천생 여자다. 그녀의「비 맞은 장독대」에는 엄마의 혼魂이 詩가 되어 독자들에게 향수를 선물하고 있다.

'침묵을 지키던 하늘은 / 무서운 기침을 하며 / 시원하게 소나기를 퍼붓는다'

첫 연에서 우수수 떨어지던 소나기가 낯설기 기법으로 하늘이 기침하는 동적 묘사로 은유했다.

2연에서 폭풍에도 흔들릴 뿐 꿈쩍도 안 하는 장독대를 엄마의 모성적 본능에 비유하는 화자의 시적 영감은 타고난 감각의 수작 秀作이다.

3연에서 장독대에 엄마가 얹어놓은 돌은 자식들의 안정을 기원하는 엄마의 가슴이요 손길이 리듬을 타고 있다.
그런 엄마를 지켜보던 어린 소녀의 감성이 자라서 중년의 시인으로 시적 해학을 메시지로 담고 차원 높은 지성적 모태가 되고 있다.

우수수 떨어지는 소나기
우르르 쿵쾅 천둥소리가 요란하다
침묵을 지키던 하늘은
무서운 기침을 하며
시원하게 소나기를 퍼붓는다

어느새
우리 집 앞마당에 장독대가
비에 맞아 흔들거린다
날아갈 것 같은

거친 바람에도
흔들릴 뿐 꿈쩍도 안 한다

엄마가 장독대 위에
무거운 돌을 얹혀놓았다
비는 장독대 위에서
리듬을 타며 춤을 춘다

호기심 가득한 바람은
장독대의 뚜껑을 열어볼 기세로
흔들어 놓는다
여전히 꿈쩍도 하지 않은 장독대

장독대 위에 선
여전히 리듬을 탄 비
그 바람에
숨어있던 어린 소녀의 감성이
장독대 위에서 춤을 춘다.

―「비 맞은 장독대」전문.

"

　시인은 내면에 산재한 자신의 사상이나 철학을 심층
으로 끓여 올려서 도공陶工이 도자기를 굽듯이 자신의 언
어로 피사체, 즉 주제를 시詩로 만들어내는 언어의 연금
술사이다. 긴 인생길 헌신으로 이어져 온 길을 시인은
「엄마의 갯벌」에 비유하면서 어릴 적 리얼리티reality 를

생생하게 유추하고 있다. 시인이 그려내는「엄마의 갯
벌」에 발 담가보기로 하자.

"

조용한 여름 바다
태양은 따갑게 내리쬐는데
타는 듯한 어깨 위로
땀은 주르륵 등을 타고 있다

어린 소녀는 갯벌 위에
바구니를 내려놓고
조개을 캔다

따가운 햇볕은 아랑곳하지 않고
소녀는 조개를 캔다

점점 빨려드는 갯벌
푹 빠져버린 발
조개는 잡지 못하고
소녀의 발은
조개 껍질에 베이고 말았다

갯벌 위로
선홍색 피가 흘러내렸다
따가운 햇볕 때문인지
더 쓰라린 발
여름날은 갯벌 위에 소녀를 태운다

까무잡잡하게 태운
소녀의 얼굴은
어느새 엄마의 얼굴이다

갯벌은 아직도 그대론데
소녀의 허리는
새우등처럼 구부러져 버렸다

바다는
지금도 갯벌 위에서
소녀를 기다리고 있을까
추억은 아프지만
엄마의 갯벌은 소녀가 그립다.

-「엄마의 갯벌」전문

"

　엄마의 갯벌은 조용하다. 휴가로 분주한 여름 바다가
아닌 작열하는 태양 빛에 구슬 같은 땀방울이 흐르는 노
역勞役의 바다이다. 바구니를 내려놓고 조개를 캐는 소녀
모습이 수채화처럼 그려진다.
　시인이 그려내는 향수는 참혹한 삶을 여과 없이 반추
한다. 소녀의 여린 발이 조개껍데기에 베이고 화자의 시
적詩的 아우성은 정점에 달한다.
　'갯벌 위로/선홍색 피가 흘러내렸다/따가운 햇볕 때
문인지/더 쓰라린 발/여름날은 갯벌 위에 소녀를 태운다.'
섬찟해야 하는 사건인데도 오난희 시인은 화자의 아픔

을 관념론적 서술로 잔잔하게 읊고 있다.

이것이 뛰어난 언어의 유희이자 시의 연금술이다.

까무잡잡하게 태운 소녀의 얼굴이 엄마의 모습으로 세월을 훌쩍 뛰어넘는 구성이 노련한 테크닉_{technic}으로 독자에게 전달된다.

3. 리얼한 리리시즘(lyricism)으로 예술의 길을 걸어가는 오난희 시인

남편 내조 자녀들의 성장과 함께 엄마의 향수에서 자아_{自我}를 찾아 나선 오난희 시인은 그동안 내면에 축적되어 있던 톡톡 튀는 예술혼을 첫 시집 「길을 걸으며」에서 그녀의 꿈을 리얼리티_{reality}하게 표현하고 있다. 그녀의 시「잉태」를 보지 않을 수 없다

그 어떤 이유로 고통이 따르는 가
행복을 잉태하는 아름다운 고통

차가움도 두려움도
한 치의 망설임도 없이
슬픔도 잉태하며
고통을 도려낸다는 것

사랑 하나만으로 충분하기에
거짓도 교만함도
더 이상 속박하지 않는

사랑으로 채워지는 것

그대가 있어서
삶은 아름답게 채워지며
또 그렇게
사랑을 잉태하는 것.

-「잉태」전문

　좋은 詩란 읽는 사람에게 감동과 희망으로 아픔을 치유할 수 있는 공감각이 전이轉移될수록 좋다.
　늪에서도 피어나는 그녀의 꽃 같은 도전정신을 읽어보자.

그녀는 말이 없이
가슴으로 울어야 했다
질퍽한 늪 때문에
자꾸 움츠려졌지만
그래도 살아야 하기에
바람결에 몸을 맡기며
조용히 때를 기다린다

질퍽한 늪은 그녀에게
필요한 영양분을 내어주며
조금씩 조금씩
생명을 움트게 한다

지척에 예쁜 들꽃들은
그녀를 의식하지 않았고
각자 주어진 삶 속에 살아간다
늪에 빠져가는 자신을 알고
그녀는 다시금 희망을 꿈꾸며
살아갔다

가느다란 빛줄기처럼
어느새 희망이 피어났다
늪 속에 고고한 자태를 뽐내며
수수하기도 하고 도도하기도 한
그녀가 늪 속에 피어났다

－「늪에서 피어나다」전문

　인생길 새옹지마塞翁之馬라고 한다. 새옹지마란 '변방에
사는 노인의 말'이란 뜻으로 변화가 많은 세상만사 길흉
화복이 언제 바뀔지 예측하기 어려움을 뜻한다.

　시인의 인생길 「오류」은 더욱 탄탄하게 늪에 빠진 그
녀를 피어나게 하고 있다. 늪 속에서도 말 없는 그녀는
－－'그래도 살아야 하기에 /바람결에 몸을 맡기며/조용
히 때를 기다린다. /

　현실을 인내하는 리얼리티가 경이롭다. 그녀를 늪에
가두어버린 詩「오류」를 보자.

너에게 길들여진 나는
무엇을 해야할까

착각속을 걷고 있는 것은
늘 너에게 가는 길

수십번도 수백번도
널 향해 내 마음은 걷고 있었지

너도 날 향하여 오는 거라고
시간의 오류속에
너는 내 마음을 훔치고 있었지
봄이 지나는 길목에서.

-「오류」전문

그녀가 늪에 빠진 것은 사랑이다. 여기에서 그녀의 사랑은 詩를 향한 그녀의 예술이 지향하는 성품이자 본능이다. 시인의 삶을 송두리째 휘감고 있는 천재적인 예술혼이 세상을 향해 뛰쳐나와 버렸다. 이것을 감당하는 것은 그녀의 예술이자 고통을 이겨내는 지성知性이다.

4. 억새처럼 詩와 삶을 함께 견인해나가는 그녀의 저력은 모성母性

가을바람에 억새가 흔들리면 엄마는 추수와 함께 겨

울준비를 한다. 이것은 자식을 위한 모성이다.

　시인은 현실주의적이면서도 관념적 리리시즘lyricism에 젖어있다. 그녀의 시는 언제나 현실의 무게 위에 서정성 抒情性을 추상 抽象으로 뽑아 올린다.
　그렇게 직조 織造 된 그녀의 詩는 대부분 체험에서 우러난 성찰과 해학이 잠재된 깊이가 있다.

　3연으로 삶을 의인화한 그녀의 시「억새」를 보자
　1연에서 찾아오는 그대 마음이 운율로 바람 타고 기억 타고 화자에게 다가온다. 내 영혼이 나를 찾아오는 자아발견은 2연에서 흔들리는 천관산 내 고향 억새로 회귀하여 의인화된 구성으로 독자를 흡인한다.

　3연에서 향수에 젖어보며 어서 오라 손짓하는 엄마는 어릴 적 엄마의 강한 모성애를 자신이 닮고자 하는 강인한 모성본능을 유추할 수 있어서 더욱더 구성이 빛이 난다.

그대의 마음도
가을바람에 흔들릴 때면
때 묻지 않은 내 영혼이
그 옛날 기억 저편에서
나를 찾아옵니다

오색단풍잎도

은행잎도
낙엽되어 흩어시고
뽀얀 안개처럼 흐려진 기억이
한 움큼 내 마음속을 파고들 때면
깊어가는 가을 앞에
내 마음 따라
흔들리는 내 고향 천관산 억새야

그리운 그 자리
옛 향수에 젖어보며
아름아름 전해져오는 바람 소리에
사각사각 기억을 스칠 때면
그리운 엄마 생각에
내 고향 억새는
어서 오라 손짓하며
내 마음 흔들고 있구나!

-「억새」 전문

--'그리운 엄마 생각에/내 고향 억새는/어서 오라 손짓하며/내 마음 흔들고 있구나! 외유내강外柔內剛. 참고 견디기만 하던 우리 엄니들의 인내와 정신을 닮고 싶어 고향 천관산 억새를 읊는 구성이 노련한 기술로 독자에게 다가온다.

인생은 운명이고 어떤 인연이든지 만남은 숙명이라고

들 한다. 너와 내가 만나면서 우리가 생겨나고 집단이
존재가 된다. 인생길 중년에서 사유하는 시인의「인생」
길을 들여다보자.

흩어져있던   모든 순간이
기지개를 켜고 있다
일탈을 꿈꾸며
자유롭게 날아든 깨끗한 영혼

번뇌를 잘라내는 외로운 고통에
일그러진 삶의 표정
순간의 선택에 운명은
맡겨진 시간 속을
밀물처럼 왔다가 순식간에 지나쳐간다

날개를 펴라
찢겨져 나간 그리움을 파고 들때면
이따금씩 아픔이 일겠지만
그것 또한 아름다운 고통이다

한평생 살다가 삶의 무게를
짊어지지 않고 지나가는 인생이 어디 있으랴...
견딜수 있는 시련만큼
신은 너를 선택했기에
꿈의 나래를 크게 가져라

운명처럼 엮어가며
모든 순간 들이
순식간에 지나쳐 가지만
인연의 굴레에 애달픈 사연
그 사연 안고
또 다시 나는 봄을 기다리는
인생의 미로 속으로 시간의 날개를 펴리라...

--「인생」전문

"

인생은 운명이고 운명은 아무도 모르는 미지의 려노旅路
이다. '누가 인생을 사랑이라고 했나'라는 대중가요처럼
인생은 곧 사랑이다 '흩어져있던 모든 순간이/기지개를
켜고 있다/ 일탈을 꿈꾸며 /자유롭게 날아든 깨끗한 영
혼/'--이 번뇌를 잘라내는 고통은 화자의 일그러진 표정
으로 21세기를 살아가는 우리 모두의 얼굴이 된다.

오난희 시인은 말한다. 순간의 선택으로 다가온 운명
을 이겨내라고!, 모두 날개를 펴라고...
그리움 또한 아름다운 고통으로 그녀는 삶과 사랑을
기차의 레일처럼 동등의 위치에서 읊고 있다. 詩의 구성
이나 기교가 언제나 희망의 메시지를 닮고 있다.
-'견딜 수 있는 시련만큼 /신은 너를 선택했기에 /꿈
의 나래를 크게 가져라/' 고 꿈을 얘기한다.

시인은 암울한 어떤 시련도 이겨낼 수 있는 정신을 스

스로 자신의 가슴에 주지시킨다. 즉. 그녀의 詩들은 체험을 통하여 깨달은 인생을 독자들에게 전하는 주지 시의 성격을 닮고 있다.

5.「길을 걸으며, 맺는 말.

당신이 허락하지 않는 길은 걸어갈 수 없다

아이를 보라!
세상을 향해 걸어가는 해맑은 그 모습
꿈을 향해 걸어가는 아이의 첫걸음마로
우리는 삶을 향해 걸어가고 있다

길 위에서 바라보는 세상
각자 주어진 삶 속에
나는 어떤 길을 걸어 왔을까…

때론 지치고 외로운 길
동행하면 사랑으로 걸어가는 행복한 길
그 길에 해가 뜨고 비도 온다

삶의 끝자락에   서서
내가 걸어 왔던 길을 돌아볼 때
어떤 길을 걸어 왔는지는 중요치 않다
다만 내가 걸어가는 길에 자신감을 가져라

과연
내가 꿈꾸는 길을 걸었던가…
생각해 볼 일이다

비바람 속에서도
세상을 향해 걸어가는 아름다운 동행
그 삶 속에서 웃고 우는 나
그 길을 걸으며
세상을 향해 걸어가는
어린아이처럼
행복 향해 걸어갈 것이다.

-「길을 걸으며」 전문

당신이 허락하지 않는 길은 걸어갈 수 없다.'-
詩의 첫 행에 오난희 시인의 성정性情과 사상思想,가치
관이 절묘하게 표현되어 있다.
여기에서 '당신'이란 그녀의 예술이자 그녀가 추구하는
사랑이 귀착하는 도덕적 관념이다.

세상을 향해 걸어가는 그녀의 모습은 아이의 첫걸음마로
걸어가지만 언제 까지나 당당하다. 미래를 위해 과거를
반추하며 교훈으로 사는 지혜를 이 詩는 전하고 있다.

길 위에서 바라보는 세상/각자 주어진 삶속에/나는
어떤 길을 걸어왔을까 . / 때론 지치고 외로운 길을 걸어가는 시인에게 사랑의 동행은 행복길이 되고 그 길에 해가 뜨고 비도 온다. 행불행을 관조하는 그녀는 "다만 내가 걸어가는 길에 자신감을 가져라"고 희망으로 메시지를 전한다. 詩가 독자에게 전해야 할 본질이고 주제이며 生의 아름다움이다. 과연 내가 꿈꾸는 길을 걸었던가? 생각해 볼 일이다. 라고 되뇌며 성찰하는 시인의 깊이가 시맥詩脈 전체에 구수한 숭늉 처럼 우러나고 있다.

시인, 그녀는 자신의 삶 속에서 독자들의 의식 속에서 웃고 울면서 세상을 향해 어린아이처럼 행복을 향해 걸어갈 것이다. 끝으로 상재되는 첫 시집「길을 걸으며」가 독자에게 영원한 울림으로 전달되어 그녀가 희망하고 꿈꾸는 세상이 만들어지기를 함께 기원한다.

. 2022년 7월에... 초영 김성일 씀.

길을 걸으며

문청 오난희 시집

초 판 인 쇄	|	2022년 8월 12일
발 행 일 자	|	2022년 8월 17일
지 은 이	|	문청 오난희
펴 낸 이	|	김연주
펴 낸 곳	|	도서출판 성연
등 록	|	(등록 제2021-000008호)경남 창원
홈 페 이 지	|	https://cafe.daum.net/seongyeon2021
인 쇄	|	주) 상지사(파주공단: 재두루미길160)
디 자 인	|	배선영
편 집 인	|	배성근
메 일	|	baekim2003@daum.net
전 자 팩 스	|	0504-208-0573
연 락 처	|	010-3325-5758
정 가	|	12,000원
ISBN	|	979-11-979561-7-1(03800

이 도서의 출판예정도서목록 ISBN 979-11-979561-7-1(03800
국립중앙도서관 서지정보유통지원시스템 홈페이지(http://seoji.nl.go.kr/)와
자료목록시스템(http://www.nl.go.kr/kolisnet)에서 이용할 수 있습니다.